Dora quiere mucho a Boots

por Alison Inches
basado en el guión "Best Friends" de Eric Weiner
ilustrado por Zina Saunders

SIMON & SCHUSTER LIBROS PARA NIÑOS/NICK JR.
Nueva York Londres Toronto Sydney

Basado en la serie de televisión *Dora la exploradora*™ que se presenta en Nick Jr.®

SIMON & SCHUSTER LIBROS PARA NIÑOS
Publicado bajo el sello editorial de la División Infantil de Simon & Schuster
1230 Avenue of the Americas, New York, New York 10020

Publicado originalmente en inglés en 2004 con el título *Dora Loves Boots* por Simon Spotlight, bajo el sello editorial de la División Infantil de Simon & Schuster.
Traducción de Argentina Palacios Ziegler
Fabricado en los Estados Unidos
2 4 6 8 10 9 7 5 3
ISBN-13: 978-1-4169-0620-9
ISBN-10: 1-4169-0620-7

Hi! Soy Dora. ¡Feliz Día de San Valentín! El Día de San Valentín es perfecto para pasar buenos ratos con los amigos. Yo voy a pasarlo con my mejor amigo, Boots.

A Boots le encantan las fresas. ¿Me ayudas a cosechar cinco deliciosas fresas para darle una sorpresa de San Valentín? ¡Fantástico! Vamos a contarlas en inglés: *One, two, three, four, five!* ¡Qué bien cuentas!

Boots y yo nos vamos a reunir en la roca arco iris. ¿Nos ayudas a llegar allá? ¡Gracias!

¡Soy yo, Boots! Voy en camino para encontrarme con Dora en la roca arco iris. Me encanta pasar buenos ratos con Dora—¡especialmente el Día de San Valentín!

Le voy a llevar a Dora unos chocolates del lago chocolate. ¡A Dora le encanta el chocolate!

Boots y yo tenemos que encontrar el camino a la roca arco iris. ¿A quién le pedimos ayuda cuando no sabemos qué camino tomar? ¡Exacto, a Map! Di "¡Map!"

Map dice que tengo que pasar por el portón Valentín. Boots tiene que pasar los Cangrejos Rojorrosados. Así es como llegaremos hasta la roca arco iris.

¿Le ayudas a Boots a pasar los Cangrejos Rojorrosados?

¿Cómo voy a pasar todos estos Cangrejos Rojorrosados? ¡No puedo pasar por debajo de ellos, así que tengo que pasarlos po encima! ¿Ves algo que puedo usar para mecerme por encima d los Cangrejos Rojorrosados?

¡Ah, claro! Puedo usar las lianas. ¡Ahí voy, Dora!

Tengo que pasar por el portón Valentín pero está cerrado. ¿Ves la llave? ¡Ahí está! Ah-ah. ¡Oigo a Swiper el zorro! Si ves a Swiper, di "¡Swiper, no te la lleves!"

¡Gracias! Tú detuviste a Swiper y yo pude pasar por el portón Valentín. ¡Me cuesta tener que esperar para ver a Boots!

Bien, pasé los Cangrejos Rojorrosados. Ahora puedo subir a la roca arco iris.

¡Ya voy, Dora!

Boots y yo ya casi nos juntamos. Necesito una cuerda, *a rope*, para poder subir a la cima de la roca arco iris. Vamos a buscar una cuerda en Backpack. ¿Puedes decir "Backpack"? ¡Fantástico!

¿Ves una cuerda? ¡La encontraste!
¡Gracias!

¡Mira! Dora ya casi está aquí. La voy a ayudar a subir a la roca arco iris.

Gracias por ayudarme, Boots. ¡Llegué a la cima de la roca arco iris! Eres el mejor amigo del mundo entero. ¡Aquí tienes una sorpresa de San Valentín, solo para ti!

¡Fresas! ¡A mí me encantan las fres
¡Gracias, Dora! Yo también tengo una
sorpresa de San Valentín para ti.

¡Chocolate! ¡A mí me encanta el chocolate! *Thanks*, Boots!

Mmmmm, nos encantan las fresas y el chocolate, pero más que nada, nos gusta estar juntos el Día de San Valentín. ¡No lo hubiéramos logrado sin tu ayuda! *Bye!*

¡Felicidades de San Valentín!